CE QUE J'APPELLE OUBLI

DU MÊME AUTEUR

LOIN D'EUX, *roman*, 1999 ("double", n° 20)
APPRENDRE À FINIR, *roman*, 2000 ("double", n° 27)
CEUX D'À CÔTÉ, *roman*, 2002
SEULS, *roman*, 2004
LE LIEN, 2005
DANS LA FOULE, *roman*, 2006 ("double", n° 60)
DES HOMMES, *roman*, 2009 ("double", n° 73)
CE QUE J'APPELLE OUBLI, 2011
TOUT MON AMOUR, *théâtre*, 2012

LAURENT MAUVIGNIER

CE QUE J'APPELLE OUBLI

LES ÉDITIONS DE MINUIT

© 2011 by Les Éditions de Minuit
www.leseditionsdeminuit.fr

ISBN 978-2-7073-2153-4

et ce que le procureur a dit, c'est qu'un homme ne doit pas mourir pour si peu, qu'il est injuste de mourir à cause d'une canette de bière que le type aura gardée assez longtemps entre les mains pour que les vigiles puissent l'accuser de vol et se vanter, après, de l'avoir repéré et choisi parmi les autres, là, qui font leurs courses, le temps pour lui d'essayer – c'est ça, qu'il essaie de courir vers les caisses ou tente un geste pour leur résister, parce qu'il pourrait comprendre alors ce que peuvent les vigiles, ce qu'ils savent, et même en baissant les yeux et en accélérant le pas, s'il décide de chercher le salut en marchant très vite, sans céder à la panique ni à la fuite, le souffle retenu, les dents serrées, un mouvement, ce qu'il a fait, non pas tenter de nier lorsqu'il les a vus arriver vers lui et qu'ils se sont, je ne dirais pas abattus sur lui, parce qu'ils étaient lents et calmes et qu'ils n'ont pas du tout fondu comme l'auraient fait, disons, des oiseaux de proie, non, pas du tout, au contraire ils se sont arrêtés devant lui et c'était très silencieux, tous, ils étaient plutôt lents et froids quand ils l'ont encerclé et il n'a pas eu un mot pour contester ou nier car, oui, il avait bu une canette et aurait pu les remercier de la lui avoir laissé finir, il n'a pas dit un mot et dans ses yeux il a laissé le jeu ouvert de la peur mais c'est tout, tu comprends, il avait juste envie d'une bière, tu sais ce que c'est l'envie d'une bière, il voulait rafraîchir sa gorge et enlever ce goût de poussière qu'elle avait et qui ne le lâchait pas, va savoir, un jour comme aujourd'hui, un après-midi où la lumière était blanche comme une lame de couteau brillant sous un néon dans une cuisine – il s'est souvenu du papier peint avec les cerises rouges et de comment elles éclataient dans la nuit, à cette fenêtre blanche et au néon si blanc et vibrant lui aussi, quand il rentrait chez lui à sept heures du matin après avoir baisé sur les bords de la Loire, sous le regard de ces vicelards qui demandaient le droit de venir planter leur queue entre elle et lui – il s'est souvenu de ça et de comment il en a bien profité quand même avant d'être mort, oui, c'est vrai, malgré ce que d'autres te raconteront, malgré ce que tu penseras aussi et que ta femme te répétera parce qu'elle croit tout savoir, elle, et les autres aussi croient tout savoir, tout comprendre, ils diront que ça devait arriver mais ça ne devait pas arriver et lui, avant d'être mort (je te le dis à toi parce que tu es son frère et que je voudrais te réconforter comme lui aurait voulu le faire de temps en temps, te dire que la vie n'a pas été pingre avec lui, crois-moi, rassure-toi de ça), il n'avait pas encore eu l'idée d'aller dans le supermarché, et avant d'entrer il était resté presque une heure dans le centre commercial, déjà tout ce bordel pour arriver jusque-là, les passages piétons jaunes et les numéros d'entrée, c'est ça, voilà, il arrive par là où il y a un faux mur végétal et une pelouse synthétique, des panneaux indicateurs comme dans une ville couverte, avec ses carrefours et ses rues, mais il ne croise pas beaucoup de monde, quelques gars attendant leur copine devant l'entrée des magasins ou assis près des bacs de plantes vertes, ils ont des sacs entre les mains et lui reste à regarder le manège et ce cheval en plastique avec des yeux bleus, un type qui photographie avec son téléphone un gamin dans une des voitures du manège, et puis il avance, il marche, c'est tout, il ne sait pas s'il a soif mais il va là-bas, ça il le sait, dans la galerie les gens viennent entre amis ou en famille et un chewing-gum éclate dans la bouche d'une blonde décolorée et frisottée, juste avant la rangée des caisses où on entend les bips des articles sous la douchette des caissières, et il va sur la droite, vers l'entrée, et bientôt dans le magasin il marche dans les rayons en se laissant porter par le son métallique des chansons à la radio et les couleurs criardes des promos, il laisse flotter ses pas et ses pensées dans les allées où il regarde les carrelages blancs, les marques de roues des chariots, les traces de pas, les carreaux cassés et ceux qu'on a changés et qui sont plus clairs, il marche avec les mouvements et les écarts qu'il faut pour éviter les Caddie et les gens – mais je ne sais pas s'il va tout de suite vers les bières, je ne crois pas, il tombe dessus presque par hasard, très vite, à droite dans l'entrée du magasin et non pas au fond à gauche comme il croit s'en souvenir, il se retrouve face aux canettes sans même l'avoir vraiment choisi, les bières qu'il prend sont en bas du rayon, les moins chères, qu'il prend par réflexe parce qu'il n'a jamais l'argent pour les payer, il a voulu une canette et ne sait pas pourquoi il l'a ouverte et bue, sans bouger, sans avancer, sans se cacher non plus et avec l'idée de voler d'autres canettes, pour boire dehors, car, par moments, c'est vrai, il a tellement soif, il faut qu'il boive beaucoup, mais là ça ne dure pas longtemps et ils arrivent très vite, de chaque côté de l'allée, deux par deux, et quand ils lui saisissent le bras pour l'entraîner avec eux, il n'a pas de mots assez adroits pour les amadouer, non, il n'essaie même pas, il les entend répéter qu'il doit les suivre sans faire d'histoire, ne fais pas d'histoire ils lui disent, surtout celui avec ses cheveux couleur de paille, et tout de suite ils le tutoient comme lui aurait fait s'il avait parlé à chacun d'entre eux, en oubliant le costume mal taillé et la boule à zéro du plus jeune des quatre, que celui-ci doit raser tous les jours pour se donner l'air mauvais ou crédible, ou les cheveux très noirs du troisième qui tiennent droit sur le crâne avec le gel qui brille, et c'est celui-là qui parle en lui souriant presque, les quatre se sont approchés sans rien dire d'autre, un seul parle et c'est un autre qui met sa main sur son épaule, il est un peu rond et porte une barbe très fine, un trait qui court le long de la mâchoire, alors lui, il fait un mouvement pour retirer son épaule, mais un autre prend son bras, les doigts très écartés, fermement, il sent l'anneau froid et lisse sur son bras nu, un déodorant ou une eau de toilette qu'il connaît et lui rappelle une odeur de poivre, mais il ne dit rien, il ne fait pas d'histoire, d'accord, il ne fait pas d'histoire parce qu'il n'a pas de mots pour les vigiles ni pour personne, non, aucun, pas même pour se satisfaire d'avoir étanché sa soif ni pour se défendre de ces mecs à peine plus vieux que lui à qui il aurait pu dire, vous avez le même âge que moi, toi tu es plus jeune encore, et toi, dis, toi ? tu ne connais pas la soif ni d'avoir les poches comme cousues, quand il n'y a pas moyen d'y passer un doigt pour y trouver au fond une pièce, un billet, même de cinq, plié en quatre, délavé, froissé, non ? rien ? et il n'a pas essayé de les convaincre, de leur dire que dans une autre vie ils auraient pu aller à l'école ensemble ou être copains et soutenir la même équipe de foot, ou même, tiens, ça, lui aussi pourrait travailler avec eux et être vigile, il sait ce que c'est les boulots qu'on peut faire pour vivre, il ne juge pas, il se fout de ce métier-là comme d'un autre et aurait aussi bien pu le faire et être l'un des leurs, pourquoi pas ? c'est possible, imagine ça, ils sont voisins et se croisent tous les jours sur le palier de l'immeuble des Bleuets, ils vont dans les mêmes bars entendre les mêmes musiques, et sans doute que dans la rue ils matent les mêmes filles, eux et lui, il aurait pu tenter de courir avec des mots puisque ses jambes n'ont pas couru assez vite, sans conviction, déjà, très vite, tout de suite, il cesse de courir avant même d'avoir commencé, dès qu'il aperçoit les silhouettes dans les costumes un peu trop grands pour eux – les pantalons noirs avec les plis devant et les chemisettes blanches, les cravates noires, l'air endimanché que ça leur donne et la boule à zéro du plus jeune d'entre eux, le seul gars un peu maigre parmi les quatre, il sait qu'il devrait courir, sauf que ses jambes ne croient pas qu'il peut leur échapper et les tremblements et l'agitation, l'affolement, la panique – non, pas la panique, pas déjà la panique –, ce trouble quand il les voit approcher, encore près des bières, c'est vrai qu'il ne se cache pas, il finit de boire la canette et elle est encore entre ses mains quand ils arrivent, des deux côtés de l'allée, il n'y a presque personne dans le rayon, un père avec sa fille, la gamine est assise dans le Caddie vide et le père regarde les bouteilles de vin sans voir les vigiles marchant, avançant sans même se regarder, mais lui les voit et il a le temps de se dire que l'autre, avec la barbe pas plus épaisse qu'un trait qui dessine la mâchoire, celui-là ne doit pas aimer courir, il est lourd, plus que lui, je peux courir plus vite se dit-il, mais au lieu de ça il reste avec la canette vide et il la froisse, non, il ne la froisse pas, il la pose devant lui, là d'où elle vient, et il se retourne quand il entend une voix, la première, celle du plus vieux des quatre, tu as de l'argent pour payer ça ? et c'est comme si le silence se refermait sur lui-même, ce silence-là plutôt que d'essayer de chercher derrière des uniformes un camarade, un ami, après tout ils font leur boulot, c'est ce qu'il croit au début, à ce moment-là, et les mots qui viennent dans sa tête c'est uniquement pour dire, je ne pensais pas qu'on me repérerait si vite, les caméras au-dessus de lui le regardent entre les annonces des sorties de secours et les promos, au moment de les voir arriver il pense que son programme de la journée est compromis, il se dit qu'il sortira tout à l'heure et prendra le bus en se répétant qu'il n'a pas eu le temps d'aller voir l'animalerie au fond du supermarché, voilà ce qui aurait dû se passer, aller regarder un moment les oiseaux, les chiots, les tortues, les animaux bizarres, les écouter, ce qu'il s'était raconté qu'il ferait, voilà ce à quoi il a pensé quand il n'avait pas encore en tête la violence des coups à venir et le froid de la dalle de ciment, car, au début, il ne peut pas se douter ni imaginer qu'il ne lui restera bientôt que la nudité et la froidure sur un matelas de fer ou d'Inox, et aussi, attachée à un doigt de pied, une étiquette avec son nom, un numéro, qu'est-ce qu'on en sait ? il n'en sait rien non plus, il n'a vu ça que dans les films et ces corps aussi, dans les films, avec les blessures déjà froides que le médecin légiste et la police regardent d'un œil détaché avant qu'on rabatte sur le visage un tissu blanc, un plastique, il ne sait pas que bientôt ils parleront de lui en disant le cœur a lâché, le foie explosé, les poumons perforés, le nez fracturé, les hématomes larges comme les mains, des choses qu'il n'entendra pas et que toi tu n'aurais jamais dû ni n'aurais voulu entendre, qu'ils débiteront avec une sorte de douceur et de calme pour t'expliquer, pour que tu comprennes comment les choses sont arrivées, que des mots viennent adoucir ta peine parce qu'ils sont chuchotés plutôt que dits alors que pour eux, les vigiles, il n'y aura que la honte et la stupeur, tout ça grandissant, s'étalant en eux, je voudrais le croire, ça, que c'était l'effarement pour eux, après, devant ce qu'était son corps quand la mort s'est invitée entre eux et lui – parce qu'à force de s'être recroquevillée en lui elle a fini par le déserter, bien longtemps après que la première claque a cessé de résonner dans le recoin où ils l'ont poussé, ne fais pas d'histoire, ils l'entraînent et au début, lui, il les suit sans rien dire à travers le magasin, on entend plusieurs fois une annonce au micro qu'il ne comprend pas et devant eux des jeunes passent en rollers avec plusieurs paniers vides dans chaque main, et l'odeur de poisson, le froid des surgelés et les jambons sous vide, il a le temps de voir, de tout voir, la déco des stands, la boulangerie qui la joue rétro façon parisienne et la fromagerie qui veut ressembler à une ferme, mais ils l'entraînent et ne disent rien, le plus vieux marche devant et parle à voix basse dans un talkie-walkie, il voit qu'à leur ceinture tous portent une carte, un badge où est écrit *sécurité*, il y a leur photo et le nom qu'il essaie de lire mais très vite, au bout du rayon, le premier ouvre l'un des battants des grandes portes en plastique transparent avec des numéros dessus, en bleu, neuf et dix, issues de secours et – tu entends ? tu comprends ça, toi ? tu ne trouves pas ça drôle de lire « issues de secours » quand les gars soudain derrière lui se mettent à trois pour le pousser, allez, avance, avance et déjà à l'entrée des réserves il voit des bouteilles de lait filmées directement sur une palette, le film plastique brille, il ne regarde pas longtemps, il ne s'arrête pas et très vite il y a les mains dans son dos, ça devient des pichenettes, pas encore des claques, avance, et dans sa bouche il n'y a pas encore de cris pour demander où on l'emmène, avance, pourquoi on l'emmène si loin, pas dans le local de sécurité mais ailleurs, plus loin, il en est sûr, avance, il devine quelque chose, c'est trop loin, trop isolé, on avance jusqu'à ce que la radio du magasin devienne un bruit de fond qui disparaît derrière les premiers mots qu'il gueule assez fort, les seuls que sa poitrine peut enfin lâcher, pourquoi on est ici, pourquoi si loin, il ne sait pas quand vient la première claque sur le visage mais il sait que soudain on ne peut plus avancer, devant il y a un mur de conserves, il se retourne et esquive les premiers coups, il essaie de dire ça suffit, je veux partir, lâchez-moi, il sait qu'ils vont lui casser la gueule, parce qu'il le voit à la façon qu'ils ont de s'envoyer des coups d'œil entre eux pour se motiver, ils s'amusent, ils font semblant de se mettre en colère et le retiennent, des mains, des bras, par les épaules, et une main le gifle qu'il essaie d'éviter, mais le plus vieux se met en colère en le traitant de pédale et lance son poing, le nez éclate et le sang coule jusque sur la lèvre, un instant il a peur de s'évanouir, pas un mot ni un geste, ça résonne dans sa tête comme le son d'une sirène qui sifflerait trop près et trop fort, le sang coule dans sa bouche, ça reflue, sa langue lèche le flot de sang, la surprise du sang sur ses doigts, il se répète, ils vont me casser la gueule et pourquoi ça tombe sur lui il ne sait pas, il a eu peur de ça depuis toujours et maintenant que c'est face à lui il n'a presque plus peur, seulement il ne comprend pas et ne peut pas imaginer comment les pompiers enlèveront son corps tout à l'heure, et comment, sur le ciment, on nettoiera le sang à l'eau de Javel et à la brosse, et puis le rire de celui qui a du gel sur les cheveux, ses dents qui se chevauchent, c'est à peine le temps de rien parce que tout recommence très vite, une autre claque et toujours des bras qui le bloquent – il se débat mais ça ne dure pas, quand il essaie de donner des coups de pied devant lui, sur les côtés, prenant appui sur les bras qui le retiennent pour jeter ses jambes devant lui, alors ils le lâchent et il tombe dans un grand bruit de souffle coupé, mais même à ce moment-là il se dit que tout va s'arrêter bientôt, ça aurait dû finir à ce moment-là, voilà, qu'ils en finissent et que lui puisse repartir enfin, ton frère, ton grand frère, mais, tu vois, ça n'a pas fini comme ça, non, et c'est après les coups et la mort, après le silence entre eux, après, que les quatre mecs sont restés figés, comme attachés ou ligotés les uns aux autres par quelque chose de plus fort qu'eux qui tire leurs regards vers la dalle de béton, là où il gît enroulé sur lui-même, les jambes recroquevillées avec cette putain de position de fœtus qui n'arrive jamais quand ça va – peut-être qu'ils ont demandé si ça allait ? – est-ce que le plus vieux s'est penché vers lui pour le secouer ? et sa peau toute blanche, est-ce qu'elle a rougi un peu avant de demander, tu vas répondre, dis, ça va ? réponds et soudain l'image de la mort s'est collée sur la rétine de ses yeux verts et sur les deux autres, ceux que la lâcheté a fait reculer d'un pas et laissés plus timides, plus lucides aussi, peut-être, mais pas le quatrième, lui il avance au contraire et du bout de sa chaussure il pousse l'épaule de ton frère comme on le ferait du bout d'un bâton pour vérifier qu'on a bien écrasé la tête du serpent, mais est-ce que l'un d'eux a douté et a pensé qu'ils avaient tort ? le plus jeune, celui qui se rase le crâne bien net pour faire vigile ? est-ce que celui-là a pensé qu'ils allaient trop loin ou que leur idée de faire peur à un pauvre type pour le voir chialer avait déjà duré trop longtemps ? non ? non, ils se sont tus en se disant qu'il faisait exprès de ne pas répondre, et celui avec le gel a dit que c'était un fils de pute qui faisait semblant, peut-être qu'il y en a eu un pour se dire que la direction ne les couvrira pas si le type porte plainte – on a vu ça déjà –, mais celui-ci ne dit rien parce que ça ferait marrer les autres, non, le type ne se plaindra pas, voilà ce qu'ils ont pensé, et alors pas un n'a prévenu et tous les quatre étaient là pour regarder sa bouche ouverte sur la dalle de béton où le sang grandissait et s'étalait – et pourtant, avant ça il a résisté un peu, ils le frappent sans se parler et le bruit que ça fait dans son corps résonne sous les tôles du plafond, très haut, l'écho dans les réserves, leurs souffles et son souffle, les râles qui se répercutent au loin comme des balles de tennis, parfois le bruit d'un chariot qui charge des palettes et eux, de le voir contre le mur de conserves, apeuré, l'air fou bientôt, ça les excite encore, sans qu'ils le disent, à cause du droit qu'ils se donnent et de la force qu'ils y trouvent, les uns après les autres, ils y vont, de leurs coups de pied et des coups de poing qui tombent et retombent encore, ils cherchent l'angle qui fera mal, les uns après les autres, de plus en plus fort, de plus en plus vite, le jeune mec avec sa gorge sèche respire comme s'il avait mal, et ton frère bientôt n'a pas la force de crier et d'essayer de fuir, il se raccroche à une idée, ils vont bientôt arrêter, tant qu'il peut penser il se dit, ils vont bientôt arrêter, ils vont bientôt arrêter ça et il a peur pour ses avant-bras parce que c'est avec eux qu'il veut protéger son visage, mais les coups tombent et bientôt ses bras tombent aussi, l'abandonnent, il n'a plus de force, il ne peut pas les relever, ni les bras, ni les mains, ni les jambes non plus et la poitrine ne sait plus où trouver la ressource pour se soulever, prendre l'air, il faudrait de la force et il n'en a presque plus, à peine encore pour percevoir cette odeur poivrée du parfum, il ne sait pas dire ce qu'il voit encore dans leurs regards, ce sérieux, cette application comme si leur vie en dépendait, celui avec les dents qui se chevauchent a l'air heureux et donne les coups sans retenue, à cœur joie, tu vois, dis-moi, dis-moi si tu sais, si tu comprends, toi, parce qu'il n'y a même pas de colère en eux pour les motiver, mais des encouragements pour s'échauffer alors que c'est fini, la fin déjà, si vite, si mal, comment les choses s'effacent, s'oublient, et ils inventent des histoires pour se faire croire que ton frère, oui, ce frère inoffensif avec qui tu te chamaillais pour savoir qui de vous deux réussirait le premier à atterrir dans le lit d'une fille, se faire croire qu'il est, à ce moment où ils le frappent, tout ce qui leur a fait du mal dans la vie, c'est comme ça qu'ils font pour continuer à s'échauffer, en se racontant des histoires, un besoin de – je ne sais pas de quelle humiliation ils veulent se venger, ça aussi je me le demande, quand ils restent éberlués de leur propre violence, c'est si lourd sur leurs bras et dans leurs jambes, avec cette bouillie d'idées dans leur tête face à la stupeur d'un cadavre, et l'étonnement comme un réveil en pleine nuit, un cauchemar – non, pas encore, ce sera après, quand d'autres arriveront et les trouveront hagards, celui avec les cheveux couleur de paille voulant fuir et retenant son envie de pleurer et le jeune, avec l'autre, celui à la barbe, s'agitant comme des fous, rêvant de frapper encore, il est à eux, ce putain de mort, alors ils veulent le frapper jusqu'à ce qu'il crie et se réveille et dise ça suffit, mais ça, il ne le dira pas, il ne dira rien, il les laissera avec un cadavre sur les bras car son silence est la dernière chose qui lui appartient, comme la peur leur appartiendra bientôt, quand elle va changer de camp, s'invitant d'abord chez le plus vieux et petit à petit chez eux tous, tous les quatre, car alors que lui était vide de tout ils ont pris son corps pour le remplir et le gaver des défauts dont ils voulaient se débarrasser, eux, comme un sac à remplir de pierres, de gravats, de déchets, et il s'est retrouvé gros et difforme de leurs mensonges, des bla-bla, bla-bla, encore, prétendant que son cœur avait lâché avant même qu'ils aient levé la main sur lui, c'est ça, son cœur a lâché et il faudra les scalpels et son corps découpé, pesé, mesuré, son corps mis à nu pour le vider de leur bla-bla et de ce qu'ils ont prétendu à la police et répété à leur femme, à leurs amis, à leur famille, ils n'ont pas frappé si fort, ils ont cogné parce que le type les insultait, c'est lui qui tapait et criait et ils parleront d'un couteau que personne ne retrouvera jamais, devant leur femme ils diront que cette fois-là non plus ils n'ont pas eu de chance et n'en ont jamais eu dans leur salope de vie, et elles les croiront, et elles les plaindront, elles les soutiendront et ils essaieront les mensonges et personne ne les croira, parce qu'à leur tour ils auront un goût de poussière dans la bouche, ils auront soif à leur tour et auront peur la nuit, ils se demanderont pourquoi leur estomac est douloureux et pourquoi ils ne sentent plus de force dans leurs bras, pourquoi ils ont l'impression que leurs jambes se dérobent sous eux, ou alors, au contraire, ils ne se demanderont rien mais leur corps leur dira tout des courbatures et du mal au ventre, du nez qui pisse un sang rouge vif – mais n'ayez pas peur, être coupable, on n'en meurt pas, ça vous rongera peut-être, on ne sait jamais, même si aucun de vous n'a dit qu'on ne doit pas tuer un homme pour si peu, non, parce que vous avez seulement pensé, putain, je vais foutre ma vie en l'air à cause d'un sale petit connard et l'idée de la prison et l'humiliation pour les enfants à l'école, des fils d'assassins, c'est ça, ce qu'ils ont fait de leurs enfants et qu'ils porteront comme une injure à leur avenir, des fils de taulards, de voyous, et si on les met en prison trop longtemps, est-ce que leur femme prendra un amant ? est-ce qu'ils deviendront pédés s'ils passent trop de temps en prison avec des hommes malades comme eux de savoir la vie se faire sans eux, dehors, avec les femmes qui continuent à vivre et à sortir pendant qu'ils rumineront les mots du procureur ? car ils s'épient les uns les autres et la belle entente s'est fissurée à coups de murmures et d'insinuations, c'est toi qui as frappé le premier, toi qui as frappé le plus fort, toi qui n'as rien dit, toi – sauf que pour l'instant ce n'est pas ça, et même le visage du procureur ne s'est pas immiscé en eux, ils savent qu'ils auront juste à dire qu'évidemment ils ne voulaient pas tuer, bien sûr on ne voulait pas qu'il meure, il avait l'air tellement paumé avec son survêt et son tee-shirt jaune et noir, et lui, s'il avait pu survivre, s'il avait pu, ça aurait été douloureux aussi de le penser, comme un coup de canif, léger, rien qu'une pointe sur le plexus mais, quand même, cette égratignure, cette blessure quand il se serait demandé, pourquoi vous m'avez méprisé, moi ? est-ce que c'est vraiment à cause d'un survêt et d'un tee-shirt ? de mes cheveux ? de mon visage ? de mon allure ? est-ce vraiment pour ça que vous avez cru pouvoir vous défouler sur moi ? comment voulez-vous me faire croire ça sans me faire rire, moi, de vous ? de ce que vous êtes ? de qui vous croyez être quand je n'ai vu que des mecs trop fiers de me regarder en face alors qu'ils auraient dû baisser les yeux, comme un homme devrait savoir le faire lorsqu'il attaque en lâche – et alors, pour eux, l'avenir s'est arrêté avec l'apparition de ce tee-shirt jaune et noir qu'il portait sur les épaules et qu'eux ont trouvé si grotesque, leur avenir a glissé et disparu avec lui, et tant pis s'ils n'ont rien entendu quand le procureur a dit qu'on ne tue pas un homme pour ça, lui que ton frère n'a pas imaginé ni vu non plus, pas plus que le visage des flics et ces mots noir sur blanc dans les journaux, et les parents – vos parents, il faudra bien qu'on en parle aussi, de ça, tu ne crois pas ? les imaginer dans leur cambrousse, cernés qu'ils sont par des voisins tremblants et nerveux comme des vaches à l'abattoir, simplement parce qu'ils n'oseront pas leur parler sur le marché, ou les clients de votre père, tu les vois ? tu les entends ? donnez-moi deux beaux steaks pas trop épais et puis, avant de partir, hésitant un peu, faussement timides, au lieu de dire comme d'habitude, il fait beau aujourd'hui, prendre la mine de circonstance, on a appris pour votre fils, dans quel monde on vit, hein, allez, bon courage, tu les entends ? tu entends ça ? qu'est-ce que tu en penses ? dis ? dis-moi ? de lire votre nom au fond du journal, dans une colonne petite et resserrée comme un corps dans un cercueil, et, tu vois, on peut raconter ce qu'on veut sur lui maintenant, dire que ses dernières pensées n'en étaient pas, à peine l'espoir que ça s'arrête, l'espoir d'un peu de souffle, d'un peu d'air, et pas d'adieu, pour personne, ni pour vos parents ni pour toi – non, pour toi non plus, même s'il aurait aimé que ses derniers mots soient tournés vers ce frère à qui il a pensé si souvent dans sa vie, eh bien non, pas cette fois, parce qu'il ne savait pas qu'il mourait, dans les films ils savent toujours qu'ils meurent, mais en vrai ce n'est pas aussi beau, on n'est pas si beau, on ne meurt pas, on ne fait rien, la vie se fait minuscule et finit par se faire la malle comme un parasite abandonne une carcasse qui ne lui convient plus, c'est tout, alors pas le temps pour les belles phrases ni pour les idées profondes et généreuses, il se voyait peut-être en héros qui trouverait au bon moment les mots justes, des vérités en deux mots pour les filles avec qui il a couché et celles avec lesquelles il serait bien resté un peu, quelques heures ou quelques années, et ses vieux amis avec qui il a bu et dansé des nuits entières, à refaire le monde ou à le défaire, comme ça, à coups de petits verres de rhum et de poire sur les comptoirs des bars de jazz toujours ouverts dans les quartiers déserts, non, on meurt et les mots s'évanouissent, et pour lui maintenant il y a le sommeil pour oublier – désolé, pas de grandes phrases, je regrette, il aurait sans doute aimé te donner des conseils que tu aurais gardés pour toi pendant des années, secrètement, comme une connaissance de la vie très calme et paisible pour te consoler de sa mort et de son absence, pour te dire, je suis là quand même et te répéter qu'avec lui rien ne meurt et que tout continue pour toi, les mois, les jours, les nuages, le ciel, la télé, les conneries à payer et la Coupe du monde et les enfants dans lesquels la vie pousse comme une plante sauvage qu'on n'abattra pas comme ça, des conseils de vieux sage auxquels tu aurais repensé de temps en temps, les jours de pluie ou de déprime, en te souvenant que tu avais un frère et que ce frère, s'il y a des choses après la mort, je ne dis pas des choses comme l'au-delà, mais quoi, je n'en sais rien, juste pour dire qu'il veillerait sur toi de là-haut ou même d'en bas s'il y avait un haut et un bas, mais n'y compte pas trop, parce que personne ne compte vraiment, ne compte pas, sur personne ni pour personne car à la fin tout dort dans l'oubli et ce n'est pas plus mal, ça, d'oublier, quand je sais qu'il aura eu pour derniers instants un monde bien triste à contempler, ses gestes et ses larmes à la fin quand les cris ne pouvaient plus rien et ses sanglots à la fin, la résignation, les mains s'accrochant à l'air vide et aux haleines trop fortes, la sueur et l'odeur poivrée du déodorant, ses doigts devant les yeux pour essayer de ne pas voir la mort venir – non, pas la mort, seulement protéger ses yeux des coups de pied et des injures, car à la fin le seul monde possible c'était l'écho du fracas de son corps et pas les mots que le procureur et la police ont dits et répétés et qu'on a entendus dans les rues et les journaux, jetés sur la voie publique comme pour y faire pousser des fleurs (comme si toute la vérité du monde tenait là-dedans!), et alors, ces mots colportés par les journalistes, les gens, les voisins, ceux qui votent, qui parlent, ceux-là mêmes qui l'ont ignoré ou méprisé en le tuant à petit feu tous les jours, lui, sans le savoir et aussi définitivement que les autres, mais qui ont dit, les vigiles ne doivent pas, on ne tue pas un homme pour une chose comme celle-là, c'est impensable et alors, s'il le voyait, qu'est-ce que tu crois qu'il penserait ? tu crois qu'il aurait cru se tromper depuis toujours sur les flics et sur les juges ? qu'il se serait dit, je me trompe, alors que sur la politique et les flics il a toujours pensé qu'ils n'étaient pas capables de voir des choses comme celles-là, et cette fois, s'il avait pu avoir un avis sur ce qu'on disait, il aurait dit, le vrai scandale ce n'est pas la mort, c'est juste qu'il n'aurait pas fallu mourir *pour ça*, une canette, pour rien, comme si on pouvait accepter qu'ils tuent, les vigiles, si c'est utile, s'ils n'ont pas le choix, on doit pouvoir se résigner à admettre, on peut comprendre et tolérer même si ça nous choque et nous déplaît mais là, impossible, quelque chose se dresse devant nous qu'on ne peut pas supporter, ce meurtre, un meurtre, ils se sont fait plaisir, voilà, le fond de l'affaire c'est que c'était de leur jouissance à eux qu'ils étaient coupables et pas de l'injustice de sa mort, ça, que ni le procureur ni les journalistes ni la police ni personne n'admettra jamais, que ces types-là se soient payés sur sa tête, et ils ont tout fait pour essayer de la comprendre, cette mort, tout fait pour lui donner un sens et la trouver un peu normale, ils ont écrit des papiers, ils en ont balancé sur lui pour savoir s'il était SDF ou quoi, s'il avait des antécédents et combien de vols à la tire ? ils en ont trouvé des trucs à dire, est-ce qu'il a fait de la taule ? des gardes à vue ? combien il a fait de gardes à vue, ton frère ? et est-ce qu'il était violent et alcoolique ? tu dois le savoir, toi, qu'est-ce que tu peux dire ? il vivait en foyer, c'est ça ? dans quel foyer, avec qui ? d'allocations ? de quoi ? de petits boulots ou bien aussi il faut dire combien ton frère n'aura été que l'ombre d'un homme et qu'on ne l'aura pas vu, l'homme qu'ils ont tué, celui sur lequel ils ont frappé, on ne l'a pas vu, pas regardé, si peu, et il est vrai que ce n'est pas beau du tout à voir, surtout quand c'est encore vivant, un corps qui attend sa mort, ce qu'ils ont fait de lui et non – mais non, je ne noircis pas le tableau, je te jure, je ne noircis rien du tout, tout ça est vrai, comme je te le dis, et tu restes là comme un con sans même savoir combien vaut une vie, tu le sais, non ? tu ne sais pas ? eh bien, dis-toi que lui a eu le temps de comprendre le prix de la sienne, et il pourrait le dire sans risque de se tromper ni de se mettre à pleurer parce que pour lui il y a ça aussi que le temps des pleurs c'est fini, ils l'en ont débarrassé et des rires aussi bien alors, d'où il est, il pourrait dire je vaux, je valais, une vie doit valoir un peu plus qu'une bière, un pack de six ? de douze ? de vingt-quatre bières, non, tu crois ? c'est trop ? et est-ce qu'en amassant de quoi remplir un Caddie le procureur aurait trouvé que c'était le juste prix et que ça ne valait pas plus ? que cette fois ils pouvaient y aller et lui donner une bonne correction et le faire payer plein pot alors que c'est lui qui leur a laissé sa vie là où d'autres auraient eu le droit d'être craints et respectés, tu vois, on se dit que des bagarreurs auraient été respectés plus que lui, un de ceux-là qui d'habitude traînent en bande, il aurait été respecté et craint et peut-être qu'il aurait sorti un couteau pour tracer dans l'air comme une barrière pour les retenir, et il n'aurait pas subi comme lui, quand les coups ont plu et qu'il n'a pas eu un geste à part ce réflexe vieux comme la mort de vouloir s'en protéger, les mains devant le visage comme pour refuser de voir et de comprendre ce qui allait arriver plus que pour parer les chocs – et, ce que je me dis, c'est que ton frère, quand un mot surgira pour s'évanouir aussi vite que cette fulgurance au moment de saisir qu'il était mort, oui, ton frère, il sera pour toi comme une lacération dans ta vie, et tu voudras comprendre, des années entières à te torturer l'esprit pour vouloir revivre chacune des minutes et des secondes entre les palettes et les chariots élévateurs, pour comprendre, parce que – n'est-ce pas ? – tu diras, je veux comprendre, je veux savoir pourquoi les tours de conserves hautes comme des montagnes de bouffe et de fer, je veux comprendre les marques de sang sur les mains, comprendre les lèvres bleues et dans la bouche les deux dents cassées, les yeux fermés sous la chair gonflée, les paupières cerclées d'un noir de cendre et le nez éclaté, tu veux comprendre pourquoi les joues comme tu les as vues, son visage comme tu l'as vu, avec ce qu'ils ont fait de votre ressemblance – vous y teniez pourtant bien mais maintenant c'est fini, ils ont laissé votre air de famille sous leurs semelles et sur les papiers déjà jaunis des photos, dans les souvenirs que quelques-uns garderont de vous le temps d'une poignée d'années, et il faudra t'y faire, comme tu devras t'accommoder de l'idée que la dernière chose que tu auras connue de lui c'est ce qu'ils en ont laissé dans les frigos de la morgue, ce corps comme jamais avant tu n'aurais cru le voir et l'approcher – son visage lisse et bleu sous cette lumière pâle comme le reflet d'un tube de néon sur une lame de couteau, ce néon et cette cuisine qu'il voyait en rentrant chez lui à sept heures du matin – il te l'a déjà racontée cette histoire, la fille et la Loire, quand il habitait encore là-bas, avant Paris et la banlieue, les mecs seuls des bords de Loire et les cailloux qui roulaient et rentraient dans la peau ou cassaient les genoux pendant que des mecs s'arrêtaient et les regardaient baisant, en été, la fille aux cheveux longs et blonds, il y a déjà si longtemps, des semaines, des mois, des années, une vie entière dans une autre ville et un autre temps que celui de maintenant, où tu devras vieillir pour deux, il le faut, tu devras faire attention à toi comme lui n'a pas su le faire, car il faut bien que l'un de vous deux réussisse à devenir vieux pour voir les têtes que vous auriez eues l'un et l'autre, à peu près, alors, reste vivant pour toi et les tiens et fais-le aussi pour lui, même si vous vous parliez si peu, même s'il y avait cette gêne et ce vide étrange quand il vous arrivait de vous retrouver, l'étonnement et la joie de vous rencontrer alors que vous étiez incapables de rien partager d'autre que ce tremblement d'être ensemble, et le silence épais comme votre amour de frères, aussi opaque que vous restiez muets l'un en face de l'autre, si creux dans ce que vous pouviez vous raconter du temps où il n'était pas tout à fait mort, pas encore, pas comme maintenant dans un frigo – et les bœufs et les porcs et les veaux que votre père débite en tranches, tu te rappelles de comment il fait ? à fendre les os à coups de couperet et en sifflant, en jetant la viande sur l'étal dans un grand geste qui vous impressionnait beaucoup, il s'en est souvenu toute sa vie, et il savait – en t'enviant peut-être un peu –, que tu dois le voir faire encore, ton père, quand tu lui rends visite avec tes enfants, parce qu'il savait que tu vas encore voir vos parents pour Noël et les fêtes, il le savait et se doutait que lui aussi venait sur l'étal, tu as vu ton frère ? non, je ne sais pas, il nous a encore demandé de l'argent, puis rien, pas un mot, à bientôt, de temps en temps tu fais ça avec ta femme et tes enfants, de descendre à la cambrousse pour prendre l'air, comme tu dis, pour voir comment votre père débite encore la viande en sifflant, les enfants doivent trouver ça drôle, ce boucan que les os font en craquant, ce bordel des lames aiguisées pour que monsieur Machin donne à sa progéniture de quoi grandir et remplir à son tour les Caddie, toutes ces tranches d'une viande aussi froide et morte que ton frère qui était vivant jusqu'à il y a encore si peu de temps, lui qui allait croire que sa vie serait meilleure parce qu'il y avait quelqu'un qu'il voulait revoir, quelqu'un d'autre que des mains et un sexe dans la nuit et qui semblait le voir, lui, autrement qu'en objet prêt à combler quoi, quel vide ? tu le sais ? le manque d'amour ? c'est ça ? l'envie d'amour ? ou cette envie forte comme le besoin de boire et de fermer les yeux quand vraiment ça suffit, parfois, de continuer les poches vides et cousues comme il disait – ça, au moins, maintenant les vigiles l'ont débarrassé de la peur du lendemain et de celle de manquer, et il ne connaîtra plus ni la soif ni ce besoin de chercher, dans la nuit, des filles qui traînent dans les bars où des mecs viennent caresser la solitude des femmes pour tromper la leur, solitude ou femme, ou, si ce n'est pas elles, les pédés dans les backrooms pour que quelque chose arrive des corps, et dire que les vigiles l'ont aussi débarrassé de ça, ce moment où quelqu'un voulait le revoir et que lui aussi voulait revoir, entre cette gare et la rue de Lyon, quelqu'un qui est venu et a dû l'attendre, peut-être pas des heures, mais sans doute au moins une, puisqu'ils avaient rendez-vous et qu'il n'est pas venu, et le lendemain non plus il n'est pas venu dans ce bar où ils s'étaient rencontrés et parlé, là où ils s'étaient plu tout de suite, ça aussi ton frère l'a cru, et c'était peut-être vrai, on a envie de le croire parce que sinon ce monde est impossible, vraiment impossible, ils n'ont pas eu le temps de faire l'amour et puis, voilà, quand il allait rencontrer quelqu'un, elle ou lui, quand il allait sortir de l'oubli, ce que j'appelle oubli, lui qui marchait souvent dans la rue du côté de Montparnasse et traînait dès le matin, comme ce matin où il n'avait pas encore eu le courage d'aller prendre une douche à la piscine ni de se raser ni rien, il n'avait que la force de regarder les pigeons et les moineaux qui volent dans la gare et se posent sur les blocs de béton, au-dessus des gens, des valises et des sacs, et c'est comme dans les cathédrales, avec les moineaux et les pigeons qui roucoulent, enfermés on dirait, sous les charpentes, comme les tourterelles aussi dans les granges, ça rappelle l'été, le printemps, l'enfance quand vous alliez avec vos parents – tu t'en souviens ? il me l'a dit et je suis sûr que tu ne l'as pas oublié toi non plus –, voir des campagnards aux joues griffées par le mauvais vin, il se rappelait de ce qu'il ne reverra plus parce que les vigiles l'ont débarrassé de voir et d'entendre et d'espérer aussi, l'espoir qui l'aura tenu jusqu'à l'instant ultime, j'en suis sûr, ça ne peut pas être autrement, quand c'était au bord de la fin, touchant déjà la fin, y glissant, je crois, quand la vie s'en allait alors qu'il pensait encore ils vont arrêter de frapper, je vais retrouver mon souffle, ça ne peut pas finir ici, pas maintenant et pourtant il ne pouvait plus respirer ni sentir son corps ni rien entendre, ni voir non plus et il espérait malgré tout, quelque chose en lui répétant, la vie va tenir, encore, elle tient, elle tient toujours, ça va aller, encore, ils vont cesser parce qu'ils vont comprendre que ma vie est trop petite dans mon corps et qu'elle s'amenuise trop maintenant pour durer plus qu'une bulle de savon qui monte et éclate, oui, jusqu'au bout l'espoir lui aura fait mal, jusqu'au dernier moment, la déception, et jusqu'au dernier moment il ne peut pas croire qu'il va laisser sans lui les gens qu'il aime, il y en a quelques-uns à qui il a tenu si fort, comme toi (je ne dis pas pour moi, je n'en suis pas sûr), des gens qui viendront espérer qu'un dieu existe autre part que dans la tête des hommes, quand ils verront le trou et le cercueil glissant, comme coulant au-dedans de cette terre épaisse et noire, avec les roses rouges qu'ils jetteront dessus en se racontant qu'il n'y a pas que la terre et la poussière, qu'il y a derrière le crucifix un dieu qui nous fera sortir de ce cauchemar d'espérer pour rien – comme il l'a dit, lui qui aura espéré tous les jours, et ces matins si longs à Montparnasse, où il n'avait pas la force d'aller se doucher ou se raser à la piscine municipale et où je l'ai vu, parfois, oui, c'est arrivé, s'asseoir dans la gare et regarder les gens en guettant le premier qui lui donnerait vingt centimes, rêvant qu'il ne le fasse pas, qu'elle ne le fasse pas, que personne ne songe à le faire basculer de ce côté-là de la folie humaine, et en le voyant assis comme ça c'est moi qui courais pour m'enfuir alors qu'il n'attendait rien et ne demandait rien, redoutant tout, attendant quoi puisque personne n'est venu ni ne lui a demandé s'il voulait de l'argent, de l'amour, un sandwich, tous ils ont baissé les yeux parce qu'ils ont du travail qui les attend et une pelouse à tondre ou des trains à prendre, des enfants qu'il faut aller chercher à la sortie de l'école et aussi parce qu'ils espèrent échapper à leur propre misère, ce que j'appelle misère, à tous les malheurs quand sur le chemin c'est un type comme lui qu'ils croisent, nu comme un cauchemar, son visage crasseux éclairé par leurs phares en lieu et place des animaux à la sortie d'un bois, sur les talus

– et tous baissent les yeux ou les détournent pour conjurer la poisse qui se colle à d'autres, sur lesquels glissent des tuiles grosses comme le poing d'un vigile, et quand il est entré dans le supermarché, ça je veux le redire, il faut le répéter encore, je ne sais pas s'il avait décidé de boire une bière et de se servir, tout de suite, là où il y a tout ce qui vous tente et qu'il faut regarder dans des Caddie gros comme des femmes enceintes, le samedi sur les parkings, et il est entré dans le supermarché sans l'intention de rien sinon marcher entre les rayons et laisser errer ses yeux comme il faisait parfois, à Montparnasse ou ailleurs, sur les tombes des gens célèbres et où les noms dorés sur les marbres sont comme des labels de qualité, et dans les rayons il a aimé toucher les papiers, les emballages, le plastique, la Cellophane, mais il ne prenait jamais rien et il a dû seulement avoir si soif soudain, voilà, il n'a pas pu résister et son doigt a dégoupillé la canette – peut-être il a pensé que les canettes sont comme des grenades et l'explosion ça a été une nuée de coups dans la réserve du supermarché, parce qu'ils ont dit qu'il a refusé d'obtempérer – tu entends les mots qu'ils disent ? des mots d'ignares violents et prétentieux, des mots si cons, tellement méchants et effrayants, tellement suffisants, et tu voudrais savoir au bout de combien de coups il est tombé, quel coup plus qu'un autre l'a fait vaciller et basculer et combien il en a fallu pour qu'à l'intérieur de lui tout explose et qu'il vomisse sur la dalle de béton son sang et la bière ? combien de coups pour ne plus entendre son corps se froisser comme une canette écrasée sous les doigts ? et dans sa tête, l'espoir aussi en miettes, pas maintenant, pas comme ça, et le sang dans les tympans, peut-être, le sang dans la bouche aussi, là où des mots obscurs attendent comme le monde quand il dort sous la neige, et les peurs d'enfant qu'il avait en regardant au-dessus de l'armoire, face au lit, la vierge phosphorescente dans sa boule de verre et la neige, ce qui l'empêchait de dormir et le laissait fixe dans le noir comme un hibou effaré sur une branche, alors qu'il voulait dormir, il veut dormir, il va dormir enfin et ce sera comme quand les mains sur les corps disparaissent et laissent place au silence, qui n'est pas celui que tu as entendu, toi, à la morgue, quand la police est venue te chercher pour que tu reconnaisses ce frère dormant non pas comme vous faisiez quand vous étiez enfants dans le même lit, sous l'œil de la vierge phosphorescente et calme malgré ses pieds dans la neige, elle qui vous surveillait du haut de l'armoire, mais dormant dans un silence froid comme si c'était lui, ton frère, qui était dans la neige, avec un léger bruit de frigo, tout ça bien après que tu as entendu les policiers te raconter comment dans ses affaires la seule adresse de votre famille, c'était la tienne, mais surtout comment les choses se sont passées, comment les vigiles ont pété les plombs – le type en uniforme a bien aimé sa phrase, il l'a répétée, l'a redite –, ils ont pété les plombs, mais quand ils sont venus, les policiers, est-ce que ta femme était avec toi dans la cuisine ? et les enfants, dans le salon, est-ce qu'ils regardaient un manga à la télévision ? est-ce que dans le frigo il y avait des canettes de bière ? et tu as deviné tout de suite, quand les flics sont venus, parce que depuis des années ta femme te répète qu'il va mal tourner, ça va mal finir pour ton frère, te dit-elle, et toi tu la détestes depuis toujours de te dire la vérité avec la voix blanche d'un présentateur télé débitant la mort des autres, avant de conclure comme ils font, sur un spectacle souriant comme toi tu n'as pas souri dans la morgue, car personne ne sourit dans ces endroits-là, à part ceux qui y travaillent, il faut bien tenir et se dire que la mort des autres n'est pas si grave, mais toi tu n'as pas souri, c'est sûr, en voyant son corps, en disant, c'est lui, oui, c'est lui, c'est mon frère, et tu as reconnu ton frère mais tu n'as pas reconnu ta voix disant c'est mon frère, c'est lui, c'est mon frère, signez ici, et toi tu hochais la tête en entendant le stylo sur le papier, en regardant votre nom biscornu et illisible sur le papier, et tu as pensé comment le dire aux parents là-bas dans leur putain de cambrousse ? comment s'occuper de tout ? tu as tellement de choses à faire que prendre trois jours ton patron va faire la gueule, c'est sûr, et toi tu penseras, qu'est-ce que ça peut me foutre ? j'ai un frère à enterrer alors ne me faites pas chier, et pourtant ton patron te fera chier et tu ne répondras rien, tu demanderas qu'on prenne ta journée sur tes RTT car ta boîte a tellement besoin de toi, tu culpabiliseras, pour un peu tu demanderais à ton patron qu'il t'excuse et tu reprocherais à ton frère d'être mort, tu dirais, c'est mon frère, il a encore fait une connerie, il a volé une bière et il est mort, il n'a jamais su faire, et tes collègues te plaindront au moins le temps d'un après-midi, et même ton patron dira que c'est une honte de mourir pour si peu, on ne doit pas mourir pour ça, dans quel monde on vit, dans quel monde, diront-ils, et toute cette fatigue, alors, de porter pour lui son histoire, ce n'est pas comme le vide ni non plus le néant, pas la mort, pas le rien, c'est comme un rocking-chair avec l'osier qui craque en balançant, c'est calme et doux comme de voir les étoiles un soir d'été et d'entendre les grenouilles du ruisseau d'à côté, c'est comme la fermeture Éclair de la toile de tente – tu te rappelles ? les vacances, Noirmoutier, les premières filles aux seins nus que vous suiviez sous les pins et tous les souvenirs qui font remonter des bouffées de couleurs, le bleu du ciel, le gris de l'eau et l'eau salée sur les lèvres, tu t'en rappelles ? et ce qui est bien, aussi, c'est qu'il ne sera plus effrayé de la peur de mourir, comme il l'était parfois, lui qui aimait se sentir vivant dans un corps, car même à l'étroit on s'y fait bien, ce corps, avec ce qu'il peut, marcher dans les rues, il a aimé ça beaucoup, des heures et des heures à ne plus sentir la douleur dans les jambes, oui, je l'entends dire, j'ai aimé me protéger de la pluie sous le store d'un magasin ou dans une cabine téléphonique, j'ai aimé l'orage sur Paris, vu du RER, un jour où je rentrais de Saint-Cloud – mais qu'est-ce qu'il foutait là-bas ? – et se promener dans le métro avec une fille qu'on connaît à peine et dont on sait juste qu'elle est mariée, soudain elle vous prend la main en parlant d'autre chose, on rit peut-être, on ne fait rien encore, comme si c'était normal de se tenir la main alors qu'on en tremble, on se demande si on doit l'embrasser déjà, est-ce que ce sera avant de la laisser sur le quai ou bien la prochaine fois ? et pourquoi ce qui était si beau devient fade dès qu'on le raconte ? où sont-ils nos cœurs qui tremblent et les rendez-vous dans les cafés ? où sont-ils les gestes qui hésitent ? et, ce que j'ai oublié de dire, c'est que, au moment où ils l'ont frappé, tout le temps que ça a duré, je suis certain qu'il ne s'est pas plaint, il n'a pas crié ou alors au début, si peu, il s'est débattu mais ce n'était presque rien, il a mis ses mains devant son visage et ils ont giflé, giflé encore et les coups pleuvaient qu'il entendait dans sa tête s'amplifiant comme des vagues, et puis, ils ont frappé le ventre et les jambes et il n'a pas pensé à ce que disait votre mère – tu te souviens de ce qu'elle disait et qu'elle aurait pu dire, sa voix répétant les mêmes, as-tu changé de slip et coupé tes ongles et lavé tes pieds ? tes chaussettes ne sont-elles pas trouées ?

as-tu pris le temps de laver ton linge et de faire ton ménage chez toi ? de nettoyer les films pornos de ton ordinateur et as-tu sorti les poubelles et retiré les miettes sur la table ? votre mère à vous deux, tu te souviens de son visage qui vous répétait, il faut rester propre et se changer tous les jours, si vous avez un accident, s'il vous arrive quelque chose, si vous devez aller à l'hôpital, il faut un slip et un tee-shirt propres tous les jours et des ongles récurés et coupés court, voilà ce qu'elle aurait dit, votre mère, lorsque vous étiez enfants et pas comme maintenant où elle va rester bouche bée quand tu vas lui annoncer – oui, encore à toi de porter ton frère, toi qui es le plus jeune des deux, c'est encore à toi d'assurer pour ce vieux frère qui n'a su que se rouler avec des filles ou des garçons ivres morts, et nus, dans les backrooms et sur les cailloux des bords de Loire, tu n'y peux rien, et je sais qu'il aurait aimé te dire tout ce que tu ne sauras jamais de lui, et aussi que vous partiez une fois tous les deux, seulement pour qu'il te dise combien la vie n'a pas été pingre avec lui, malgré l'apparence que ça donne, mais, ne t'en fais pas, il dirait, ma mort n'est pas l'événement le plus triste de ma vie, ce qui est triste dans ma vie c'est ce monde avec des vigiles et des gens qui s'ignorent dans des vies mortes comme cette pâleur, cette mort tout le temps, tous les jours, que ça s'arrête enfin, je t'assure, ce n'est pas triste comme de perdre le goût du vin et de la bière, le goût d'embrasser, d'inventer des destins à des gens dans le métro et le goût de marcher des heures et des heures et des tas de choses que je ne ferai jamais, que je n'aurais jamais faites de toute façon mais que j'aimais tellement savoir présentes, là, à côté, au cas où, si l'idée folle m'était venue d'aller à la montagne, d'aimer nager, des trucs comme voyager et visiter des pays d'Asie – ce que d'autres lui ont dit sur la Chine et sur l'Inde, ce que d'autres lui ont dit sur des pays d'Afrique, et même, aussi, des pays pas si lointains – mais, il s'en foutait de ça, c'était de savoir qu'il aurait pu, qu'il pourrait si la vie tenait encore en lui, ce besoin de savoir que ça se tient là, tout près, que le monde n'est pas fermé et qu'on peut l'ouvrir un peu, de temps à autre, pour le regarder de plus loin, alors il te dirait, je sais bien que je fais le mort mieux que personne, mais je ne me plains pas parce que, l'amour, je l'ai fait si souvent, je l'ai rencontré si souvent, des visages et des prénoms, des voix et des mains, des odeurs, des parfums et des sexes, alors je ne me plains de rien sauf d'avoir glissé trop vite, si vite, dans la mort, de ne pas avoir su résister un peu, mais, je te l'ai dit, toujours cette connerie d'espoir qui me fait croire que ça va s'arranger, ça va aller, qu'est-ce que tu en penses ? tu ne crois pas que si les gens voulaient ça vaudrait le coup d'attendre le plus longtemps possible de ce côté-là de la vie ? mais ça, c'est encore une façon d'espérer un truc, comme au dernier moment, quand il y avait cette voix qui continuait et répétait, pas maintenant, pas comme ça, jusqu'à ce qu'elle se taise elle aussi et s'efface dans un chuchotement, trois fois rien, un sifflement, sa voix à lui qui continuera dans ta tête, à murmurer, à répéter toujours pas maintenant, pas maintenant, pas comme ça, pas maintenant –

CET OUVRAGE A ÉTÉ ACHEVÉ D'IMPRIMER LE
VINGT-DEUX OCTOBRE DEUX MILLE DOUZE DANS
LES ATELIERS DE NORMANDIE ROTO IMPRESSION S.A.S.
À LONRAI (61250) (FRANCE)
N° D'ÉDITEUR : 5295
N° D'IMPRIMEUR : 123829

Dépôt légal : novembre 2012